흔들리면서 바람 속을
지나고 있다

흔들리면서 바람 속을 지나고 있다

초판인쇄 | 2023년 9월 20일
초판발행 | 2023년 9월 25일

지 은 이 | 김영훈
펴 낸 이 | 배재경
펴 낸 곳 | 도서출판 작가마을
등   록 | 제 2002-000012호
주   소 | 부산광역시 중구 대청로 141번길 15-1 대륙빌딩 301호
          서울시 도봉구 도당로 82(방학1동, 방학사진관 3층)
          T. 051)248-4145, 2598 F. 051)248-0723 E. seepoet@hanmail.net

ISBN 979-11-5606-233-2 03810   정가 10,000원

흔들리면서 바람 속을
지나고 있다

김
영
훈

시
집

도서출판
작가마을

나에게 있어서 詩란?

한 마디로 치유의 시이다. 아파서 썼고 쓰다 보니 잠이 들었다. 이 시들은 쓰여진 것이 아니라 나를 넘쳐서 우려 나온 것들이었다. 깨어나니 실로 오랜 시간이 흘러 있었다. 어느 무인도에서 구조를 바라고 흔드는 깃발처럼 누군가 이 시들을 읽어주기를 희망했다. 부질없었다.

水平과 垂直에 대한 소고

'흐르는 강과 강변 갈대'라는 구도를 생각한다. 흘러 돌아오지 않는 강물을 바라보는 강변의 갈대는 '나'다. 나무 사이를 자유로이 날아다니는 새는 둥지를 떠나 돌아오지 않는다. 나무는 자유를 말하지 않는다. 서 있는 땅을 벗어나려 하지도 않는다. 새는 날아야 한다, 거기가 어딘지를 알 수 없어도. 그렇게 역사를 남기고 시간은 흐른다. 돌아가야 할 과거는 어쩌면 미래에 있었다. 내 시를 관통하는 것은 헤어짐과 이에 대한 미학이다. 즉 수직인 내게 영원한 수평은 '그'를 향한 기도이다.

끝없는 주제 "너에게로 가는 길"

세상은 길이다. 길은 도처에 있다. 심지어 낮달이 밟고 가는 하늘에도 길이 있다. 바람길도 구름길도 같지만 다른 공간에 있다. 내가 걷는 이 길의 시작은 인간에서 인간에게 이르는 길이었다. 그러나 너에게로 가는 길은 어디에도 없었고, 도처에 있었다. 밭으로 가는 길, 숲으로 가는 길, 바다로 가는 길, 그 길의 끝에는 무엇이 있을까? 너일까? 별일까? 아니면 神일까? 너는 이미 네가 아니다. 나는 헤어 나올 수 없는 미로 같은 골목에 갇혀 있다. 나침판도 없이 어디로 향하는 것일까? 풀 수 없는 문제이다.

마음 챙김, 비어 있음에 대한 추구

꽉 찬 것은 비어가기 시작한다. 비어 있는 것은 채워질 수밖에 없다. 달이 그렇고, 고추장을 담는 독이 그렇다. 재물도 명예도 사랑도 예외는 아니다. 꽉 찬 순간의 포만감과 완전한 무소유의 공복감은 방향이 다를 뿐 실상 같은 것은 아닌가? 차원을 달리하지 않는 한 이 의문에 영원히 귀속 당할 수 밖에 없다. 너는 어디에도 없지만 어디에도 있다. 차원을 벗어나는 문은 어디에도 없었다. 이 실존은 그냥 사랑하지 않을 수밖에 없다.

2023. 가을날
외래진료실에서

서시

내가 시를 쓰는 건
살아 있기 때문이야
저기 가지 끝에
아직 바람이 불잖아
흔들리잖아

내가 시를 쓰는 건
지울 수 없기 때문이야
바람이 부는 숲 위로
별이 빛나잖아
아직

흔들리면서 바람 속을
지나고 있다

김영훈

제1부

쇠똥구리 사랑

물망초

괜찮아요
그렇게 말하지 않아도
알아요
아무 말 하지 않아도
당신 가슴 속에
물망초 푸른 꽃잎처럼
늘 빛나는 것이 있다는 걸
지금 당신이 흘린 눈물이
어느 날
밤하늘의 푸른 별이 되어
내게 다시 돌아온다는 것을
물망초 푸른 빛이 되어
헤어져 간 세월이 아무리 길어도
그 세월에 묻혀간 슬픔이 아무리 깊어도
이 빛나는 것들은 지울 수가 없지요
나를 잊지 말아요
부디

바다

그곳에 가고 싶었다
해변에 숨어 사는 붉은 게를 만나
파도를 이야기하고 싶었다
산호초 사이를 헤엄쳐 다니는 작은 물고기와
바다를 이야기하고 싶었다
만선을 꿈꾸며 원양으로 떠난 그 배는
아직 돌아오지 않았다
밤바다 위로 반짝이는 별들은
너를 알까?
흘러가 이젠 바다가 되어버린 네가
잘 있냐고 묻고 싶었다

새는 붉은 노을을 향해 날지만

바람이 분다
새는 붉은 노을을 향해 날아오른다
물 흐르듯 수평을 향한 조용한 날갯짓
그 애잔한 수평을 서쪽 하늘이 노래한다
또 바람이 분다
해변 모래톱에 재첩이 숨을 쉬고 있다
기억이 흔들리듯 수평이 흔들린다
서쪽 하늘부터 하늘 전체가 흔들린다
날아오른 새가, 그 새가 운다
돌아올 기약 없이 먼 바다로 떠나는 새
비어가는 수평에 또 바람이 분다

숲과 추운 초목 사이

숲과 추운 초목 사이
가슴 안의 별빛과 아픔들 사이
사이와 사이에 벽이 없는데
서로 가지 못한다
씻어 봐도
깨끗해질 수 없는 기억들 때문인가
시간의 격자를 벗어나지 못한
올해 겨울은 유난히 춥다

몇 그루 나무가
모과를 다 떨구고 얼어 있다
어떤 사연을 전하려 한 듯
까치밥처럼 허공에 치열하게 매달렸던 그 잎새도
오늘은 보이지 않는다
나뭇가지에 걸려있던 이룰 수 없었던
몇 개의 소망이 그렇게
새벽이 지나자 사라졌다

저장고에 벽돌처럼 쌓인 기억의 틈새에서
저장되지 못한 말못할 아픔이 쏟아진다

그 기억의 틈새를 쇠꼬챙이가 파고 있다
늘 그랬지만
모든 것과 아무것도 없는 것은 같았다
그런데도 기억은
막연히 기억이 있다고 생각했었다

지난여름 이 숲에선
딱따구리가 살고 있었다
사정없이 나의 정수리를 쪼을 때
새벽 별빛이 나를 깨웠다
꿈에서 깨어나지 못했다면
나는 치명적인 곳에 피를 흘리며
죽었어야 하는
건져진 삶에 감사하며 평범한 일상에
묻히길 희망했지만 추위에
이파리를 뺏기며
다시 비탈에 서는

모든 것이 사라진 골목에서
다시 시작되는 길과

거기 잎 없이 서 있는 나무를 바라보며
세상을 향한 편애가 키운
저 돌아갈 수 없는 길 위에
희망이었던 꿈들이 버려져 있는
시간을 지나 도착한 텅 빈 역사
허공이 나를 흡입한다
어항에 부유하는 유기물처럼
흐느적거리며 여과기로 빨려든다

놀라
숲을 가득 매운 새벽 안개 속을
추락한 새의 날개로 더듬는다
목숨을 다해 사랑하며 살고 싶었던
이파리와 이파리와 그 이파리의 어제는 없다
무엇인가 내 찬 손을 잡아온다
내 찬 손보다 더 차가운 손을 내미는
안개 속 헐벗은 가지가
사정없이

그때

내가 누구인지 나는 모른다
바람결에 이 세상으로 밀려왔다
와 보니 세상에는 별이 뜨더라
어디로 가는지도 물론 모른다
산등성이를 몇 개 넘어 다다른 해변
도요새들이 쉬었다 가는 해변
나는 바다로 나아가 섬이 되었다
이따금 뱃고동이 울리고
해변에선 해바라기가 자랐다
인근 산호초 사이엔 게가 알을 낳았다
애초에 나는 섬인 줄도 모르고
밀려오는 파도를 사랑했다
밤에 먼 육지의 불빛을 보고
내가 섬인 줄을 알았을 때
하늘의 모든 별들이
애초에 섬이었다는 것을 알았을 때도
파도는 언제나처럼
별빛 아래 부서지고 있었다

그가 떠나던 날 하늘은 조용했다

내 삶의 모든 것이 선물이었음을 알았을 때
삶은 경이로웠다
내 삶의 모든 것이 선물이었듯이
나 또한 누군가에게는 선물이 될 수 있듯이
그건 깊디깊어 알 수 없던 사랑이었다

모든 나뭇잎이 서로 다르다
위치가 다르고 방향이 다르고 높이가 다르다
나뭇잎을 스친 바람의 양과 받은 햇살의 강도와
엽록소 하나하나의 호흡의 깊이가 달랐다
한 나무에서 자란 모든 나뭇잎이 다르다는 것이
숲이 모두에게 평등하다는 근거고
숲이 모든 나뭇잎을 사랑하는 이유이다

낙엽은 끝이 아니었다
낙엽은 떨어지면서 비로소
자신이 매달려 있던 나무의 위치와 자세를 본다
매달려 있던 나무는 떨어질 때 더욱 경이로웠다
떨어짐은 어쩌면 시작이었다

그의 표현 하나하나에서 무엇인가 살아 움직이는 것을 느낀다 공간, 대지, 우주, 영원, 삶, 사람, 생존, 생명, 의미, 가치, 욕망, 대지, 생명, 망각, 죽음, 영생, 신, 영혼 등의 흩어져 있던 낱말들이 조합하여 상징해 나가는 그의 의식세계를 공감해보고 싶다 내 능력이 너무 미천하여 슬프다 그러나 같은 곳을 보고 있지는 않을까 스스로를 위안한다 죽음이 끝이 아니라시던 그를 이제 볼 수 없다

* 그 – 이어령

새

걸어서는 못 가는 곳에
가려 했었다

너와 나 사이의 거리
걸어서는 결코 좁힐 수 없던

어리석게도 드넓이 펼쳐지던
푸른 소망

인간의 황야에 치솟던
날개의 꿈

너를 품을 수 없어도
끝없는 하강에 두 날개가 다시 접혀도

나는
새다

돌아올 수 없는
너의 가슴으로 향했던

〉
나는
새다

나와 바다

　나는 나를 알 수 없다 내가 무엇인지 알지 못하는 내가
지금 무엇을 하려 하는지 알 수 없다 내가 무엇인지도 모
르는 내가 하려고 하는 일은 나와 어떤 관계일까? 불안
하다 나는 이유를 모른 채 바다에 와 있다 왜 바다에 와
있는지 모르는 내게 바다는 어떤 의미일까? 사람들이 왜
바다로 떠나는지 모른 채 바다에 이르른 것인지도 알 수
없다 바다는 늘 거기 있었다 늘 거기 있는 바다에 이르
른 것이 내가 안심해도 될 일인 가도 알 수 없다 이처럼
아무것도 모르는 내가 죽도록 불안하지 않다는 것 또한
신기하다 있을 법한 일인가 의문이지만 어떤 것은 확실
하게 명료하지 않다

너에게로 가는 길

여름내 무성했던 나뭇잎이
낙엽이 되어 흙으로 돌아와 눕듯이
나는 매일 저녁이면
너에게로 간다
낙엽은 흙에게 거름이 되어주지만
나는 네게 눈물 한 방울 주지 못하지만
향기보다는 아픔이 배어 있는 네게서
나는 잃어버린 고향을 찾는다
매일 저녁 나뭇잎이 흙으로 돌아가듯
해가 서산에 묻히듯
나는 너에게로 간다

너와 나, 그 세 개의 거리

슬플 때 눈물이 흐르는 것처럼 아플 때 시가 나온다면 아픔의 눈물이 시라면 밤하늘의 별들이 새벽마다 풀잎 위에 눈물을 흘리는 것은 별이 아팠다는 근거이고 별이 쓴 시에서 눈물이 흘렀다는 것인데 나와 저 별 사이는 서로 보이기만 할 뿐 아무것도 전할 수가 없는데 그저 아득하기 그지없는데 왜 새벽마다 풀잎에 이슬이 맺히는가?

너와 나 사이에 열 수 없는 문이 있어서 손 내밀어 우리 서로 손 마주 잡지 못하고 어떤 견고한 벽이 문을 붙잡고 있는지 살펴보아도 벽은 보이지 않고 그나마 문이 닫혀 있는지 확인을 하려 해도 나는 문에 다가서지조차 못하고 왜 그 문이 열 수 없는 문이 되어버렸는지 내 인생에선 밝혀지지 않을 것임을 알기에 지금 네게 다가가려던 손을 황급히 접는다, 아쉽지만

오늘도 바람개비는 돌고 있는데 바람이 멈추어야 바람개비도 멈추는데 바람은 계속 불고 만약 바람이 세게 불어 바람개비가 정신없이 돌아가면 그래도 언젠가는 멈추리라는 기대를 할 수도 있으련만 똑같은 속도로 바람이 불면 언제 바람이 그칠지 알 수 없는 만큼만 바람이

불면 단위 시간당 간 거리가 똑같은 인생의 풍속만큼만
바람이 분다면 바람개비는 모든 아픈 기억을 같은 풍속
에 가두고 나는 운명 같은 삶을 벗어날 수 없다 오늘도
내 삶은 같은 풍속에 갇혀 너에게 이르지 못한다

나의 시, 나의 사랑

　백여 편의 시를 썼지만 제목만 다를 뿐 사실 한 편의 시
였다 내가 사랑할 수 있을 때 내 마음은 울었고 그때 나
는 시를 쓰며 사랑할 때 인간이 운다는 것을 알았다 내
게 무슨 철학이 있었겠나 인생에 대하여 따로 할 말이 있
었겠나 일생은 그저 사랑하는 사람을 위해 있었을 뿐이
다 사랑하는 사람은 때론 한겨울의 꽃이었고 달도 없는
밤하늘의 별이었다 나는 사랑에게로 갔었다 새들도 달
도 아무도 모르게 논도 걷고 밭도 걸었다 그렇게 산으로
가는 길 때론 좁은 골목길을 지나 바다로 가는 길 골목
에서 골목으로 우리의 사랑은 밤새 탄 촛불이었다 풀잎
의 새벽이슬은 그때 밤하늘 별이 흘린 눈물이었다 나의
시, 골수를 적셔온 나의 사랑이여

쇠똥구리 사랑

지금
내가 진실로 하고 싶은 일은
개펄에 널브러진 수많은 돌멩이 가운데
어느 하나를
고이 품속에 안고 돌아오는 것이다
그리고 품 안의 돌이 동그랗게 진주가 될 때까지
품고 기다리는 것이다
그냥 보통의 한 여자가 그렇게
진주보다 더 귀하게 될 때까지
그 곁을 떠나지 않는 것이다
누군가 바보 같은 사랑이라고 말한다
그때 나는 눈물이 난다

그

나는 누구인가?
삶에 의미가 있다면 내겐 필연적인 목적이 있다
제대로 살고 있는가? 알 수 없다
그래서, 묻기 시작했다
당신은 거기 계신가?
망망대해의 쪽배처럼 나는 어디로 가야 하는가?

그때 나는 누군가의 손을 잡았다
한 손에 쥐어진 건 내 반대편 손이었는지도 모른다
나는 구해달라 했지만 손은 허망하게 거절했다
한참이 지난 후에야
잡은 손을 뿌리친 상심한 손의 진실을 알았지만

광주고속터미널 휴게소 편의점 앞에서 그를 만났다 정
신박약아로 여의도 은행나무 길에서 그를 만났다 청년
노숙자로 대연동 지하도 계단에서 그를 만났다 구걸하
는 늙은 걸인으로 늘 같은 상황이었다 나는 그를 만날 준
비가 아직 되어 있지 않았지만 그는 나를 버리지 않고 찾
아 왔다 그때마다 나는 그를 알아보지 못했다

깨닫는다는 것은 평범한 경험이 아니다 우선 상식을 버

려야 한다 많은 경험이 상식을 버려야 한다는 것을 일깨우기 위하여 있었다는 것을 눈치채야 한다 그래야 마른 하늘에 날벼락이 치는 것을 미리 예견하고 준비할 수 있다 꿈을 해석하는 것은 경험을 분석하는 것이다 그러나 깨닫는 것은 경험 밖의 체험이다 내가 그를 알아본 것은 이미 그가 떠난 현장에서였다

설령 목자는 길을 잃어도
하느님은 결코 길을 잃지 않으신다
하느님이 길을 잃으셨다는 오만한 생각이 무엇이었던가?
내가 나를 용서하지 않아도
하느님은 이미 다른 방법으로 나를 용서하고 계셨다
그때, 누군가 다시 내 손을 잡았다
이제 안다, 한 손의 반대편에 있었던 그 손이 결코 내 손이 아니라는 것을
그가 다시 은행나무 길을 걸어 내게 오지 않아도 된다는 것을

*그 : 송제호 신부

바다의 내면

바라보는 바다는 늘 같지만
실상 같은 바다는 아니었다.
모르는 것은 바다의 깊이가 아닌
바다의 내면이었다
별이 빛나는 밤에도
끝까지 바다는 그 내면을 감추고 있었다
어선 한 척과 같이
바다의 표현을 더듬고 있는 삶
넓디넓은 수평은
아무리 가도 끝이 없었다
끝은 오직
바다의 내면이 갖고 있었기에
별이 빛나는 밤에도
저 먼 수평을 가르키는 나침반은
한번도 바다의 내면은 향하지는 않았다
그걸 속임수라 할 수 있겠는가?

 그날, 나는 바다의 표면이 장력을 잃고 내면으로 가라
앉는 것을 지켜보고 있었다 그 순간 숨죽이는 위대함은
없었다 바라보이던 수평은 거대한 위장이었다 내면은 상

식적이지 않았고 상식적이지 않은 내면은 아름답지도 추하지도 않았다 일생의 수평이 한순간에 사라지는 것에 고통이 동반하는지는 사라지기 전에는 알 수 없다

비익조

혼자서 날 수 없는 새
어찌 원망치 않았으랴
함께 하면
더 멀리 갈 수 있다 위로하지 마라
혼자 서지 못해
내가 아닌 네가 필요했었다
터는 날개에 슬픔이 가득했다
잡아주는 네 손은 더욱 불안했다
우리는 밤을 택해
하늘을 펴고 날개를 털었다
피맺힌 목소리가
하늘을 울리고 퍼지기 시작했다
이렇게 아픈 걸
사랑이라 말하지마라
거기 뜻이 없어도
이제는 돌아가게 하지 마라
함께 한 하늘에서
그냥 장렬히 죽게 하라
마주 잡은 손으로
서로의 눈물을 닦게 하고

운명이 그 눈빛에 빛나게 하라
돌아가는 하늘 길은 없었다
그걸 사랑이라 말하지 마라
다만, 그 눈물이
구름에 가려진 달빛처럼 빛나게 하라
말못하는 네 품속에서, 거기서

돌의 침묵

서로 향하지 말라
한 공간에
부르는 자와 대답하는 자를
함께 두지 말라
부딪히며 서로를 묻지 않도록

분노로 인해 던지지 말라
한때는 부정과 불의를 향해 던져졌지만
이제는 죄지은 자를 향해
날지 않는다
도덕의 팔이 부러져 광장에 방치되어 있더라도

징으로 다듬지 말라
탑으로 쌓지 말라
존경받을 자격이 없다
더 이상 나를 기억하는 자들의 눈물이
되려 하지 않는다
찢겨 진 역사서의 활자처럼
빛바랜 추억으로 골목을 향한다

너를 들려주려 하지 말라
귀를 닫았던 퇴적의 세월
협곡을 구르며 없앤 얼굴
세상은 저만치 있고
내겐 귀가 없다
귀를 없앤 얼굴이 서글피 웃고 있다

일으키지 말라
나는 오랜 시간
조금씩 부수어지며
다시 모래가 되어온
작은 돌일 뿐
시간의 형틀에 매어 죽어가는 저녁 햇살에 비친
찰나의 순간일 뿐

세상아, 이젠 나를 놓아다오

무선노트

노트를 산다
다이소에서 무선노트를 사서 포켓에 넣는다
아무것도 쓰여 있지 않은 무선노트를 품고 다닌다
골목을 걷다 큰길로 나선다
온종일 돌아다녀도 무선노트에는 아무것도 쓰여지지
않는다
아무것도 쓰여지지 않는 무선노트는 실은 모든 것이다
밤이면 무선노트에서 별들이 반짝이다 새벽에 돌아간다
그래도 별들은 왔다간 흔적을 전혀 남기지 않는다
무선노트에는 매일매일 별들이 새롭게 쓰는 역사가 있
지만
무선노트 말고는 아무도 그 역사를 알 수가 없다
유선노트는 마치 창살과 같다
내 생각과 자유를 작은 틀 속에 가두려 한다
적히는 대로 생각은 자유를 잃는다
한 줄이라도 지워지지 않고 적혀 있는 것이 있다면
그만큼 무선노트의 희망은 줄어드는 것이다
희망이 자유의 모든 것인 무선노트를 산다
무선노트는 무엇이든지 할 수가 있지만
다만 아직 하지 않았을 뿐이다

사자마자 썼다면 가치 있는 것을 지키지 못한 것이다
품고 기다려라, 기다리다 지쳐서
사랑이 비명을 지를 때까지
비명 소리에 깨어 새벽 별이 황급히
무선노트를 떠날 때까지

흔들리면서 바람 속을 지나고 있다

 광장으로 가는 작은 길을 모두 막고
 좁은 골목길이 곧 끝이 나서 막다른 길이 될 것 같은 곳
에 멈춘다.
 길의 한 손이 흔들리면서 길의 다른 손을 나꿰채면 길
도 흔들린다.
 막다른 골목에 멈춘 바람이 제 속도에 못 이겨 회오리
를 일으켜 보지만
 찻잔 속의 태풍이랄까 풍경은 아랑곳하지 않고 모른 체
한다
 꽃이 피는 계절의 끝에 서 있던 꽃이 지는 계절의 시작은
 꽃잎을 떨구고 장렬하게 낙화가 되는 꽃잎 하나를 지켜
보면서
 떠나는 꽃잎 하나를 향해 손수건을 흔든다
 꽃잎 하나가 흔들리면서 흔들리지 않으려고 하나 흔들
린다
 결국 흔들리는 것은 뇌 속에 사는 기억을 담은 조그만
신경세포일 것이다
 지가 흔들리면서 세상이 흔들린다고 아우성치는 놈들
이 있다
 골목길의 벽돌 하나와 꽃잎의 엽록소 하나와 내 몸의

단백질 하나가

　오늘도 아우성치면서 흔들리면서 바람 속을 지나고 있
다

비익조

한쪽 날개로 태어난 전설의 인간새
네 날개를 부둥켜안고서야 비로소
아직 보지 못한 웅장한 하늘을 본 그 날
사랑하지 않고서는 아무것도 이룰 수 없었다
새순이 돋듯 기적은 피어올랐고
오를수록 추워지던 하늘에서
목청을 높혀 부르면 부를수록 외롭던 그 노래들
우리들의 날개에 젖어오던 황홀한 화음들을 어찌 잊으랴
니의 반대편에서 멈추지 않고 펄럭이던 끝없는 사랑이여
결코 나와 다르지 않던 반대편의 너를 향한다
지금은 까만 밤, 너를 향한 그리움에 가득 탄다
지금 어디로 가는지 알 수 없기에
함께 했던 한 세상 설령 우리를 두렵게 했어도
아름다웠다, 길고 푸르렀던 삶의 항로는
날 수 있다는 기쁨을 주신 하늘에 감사하며
불꽃이 되어 저 별들의 강물 속으로 투신한다
오늘은 낮게 내일은 더 드높이,
높이가 유일한 방향이었고
평생을 함께 했어도 이루지 못한 사랑처럼 늘 네가 있
었다

돌아보는 순간, 어둠과 밝음 사이
새벽강 물안개처럼 흩어지는 일생인가
나의 다른 날개여, 내 통곡의 이름이여

서재

잊혀진 비극이 오래된 책 속에 묻혀 있다. 그 책은 카프카의 단편일 수도 있고, 전혜린의 일기일 수도 있다 달라진 것은 지금은 누군가 그걸 비극이라 생각하지 않는다는 것이다 오전 열 한시의 무료하지만 차분한 햇살이 오래된 책의 표지 위를 일렁거린다 시간이 손을 대기 전에는 모든 것이 불확실했지만 일단 한번 시간이 손을 대면 삶은 확실하게 비극 혹은 희극 쪽으로 조금씩 움직였다 햇살이 좌우로 심하게 흔들인 날은 머리가 아프거나 조금씩 운 흔적도 있다 그런 날들이 일사정연하게 과거라는 팻말을 달고 햇살을 받으며 서재에 꽂혀 있다 아내는 매일 책상 위와 바닥을 청소하며 둘이 찍은 오래된 사진의 액자를 정성스레 닦아주기도 하고 가끔 며느리가 손녀딸과 함께 왔다가 하룻밤을 자고 가기도 했다 서재에는 수백 권의 책들이 있지만 대부분의 책들은 아무도 거들떠보지 않는다 아내에게는 손녀딸이 훼손시키면 안 될 대상에 불과하다 책 중에는 일반인들이 접근할 수 없는 전문서적들도 있지만 서재에 와서 꽂힌지 삼십 년이 넘어도 한 번도 펼쳐지지 않은 책들도 많다 그렇다고 꼭 그런 책들이 처음부터 보관용은 아니었고 언젠가 다시 보겠다고 꽂아 놓은 책들임에는 의심의 여지가 없다 슬

그머니 마지막 칸에 내 일생이 꽂히고 있다 오전 열한 시
의 무료한 햇살 속에 일렁거리는 그 책 표지에서 슬프게
나를 바라보는 얼룩이 있다

숲의 사랑법

숲에 나무가 산다
나무들은 뿌리 내린 땅에 일생 서 있다
지척인데도 나무는 걸어서 나무에게로 갈 수가 없다
같은 숲에서 오랜 시간 서로 마주 보고 지냈어도
손잡고 만난 적은 없다
새는 나무 사이를 자유로이 날아다닌다
언젠가 숲을 떠날 새는 나무에 둥지를 틀고 산다
새는 떠나며 숲에 살다간 흔적을 남기고
떠난 새는 다시 돌아오지 않는다
그래도 나무는 떠나는 새를 잡는 법이 없다
잡지 않는 나무를 탓하며 떠나는 새도 없다
비탈에 선 나무는 비탈진 땅을 탓하지 않고
날아야 할 하늘이 아무리 넓어도 새는 난다
한 나무에서 생겼지만
남쪽 이파리는 북쪽 이파리를 알지 못한다
같은 날 초승달 아래 맑은 이슬을 품었다가
초승달이 밟고 가는 서쪽 하늘을 바라보다가
염록소를 품고 한낮의 햇빛에 빛나다가
첫눈에 낙엽이 되어 떨어질 때까지 서로 만나지 못했다
새는 그리움에 대하여 끝도 없는 이야기를 해주었지만

이파리는 이파리를 찾아갈 수가 없었다
나무들은 아직 그 자리에 서 있고
어느 날 새들이 떠나면
모든 소문을 숲의 그림자에 묻고 새들이 떠나면
그리워도 만날 수 없는 이파리들의 사랑은
아무도 기억하지 못하는 시공으로 떨어져 잊혀지고

촛불

은행나무 이파리 노랗게 떨어져 쌓이고
새벽 찬 서리에 날이 추워집니다
힘든 겨울 없이도 꽃 피는 봄이 오나요?
가끔 떨어져 있는 손녀딸이 보고 싶네요.
그 아이에게 이야기를 해주려고 겨울이 오고 있네요
늘 내 곁에 있는 당신, 사랑합니다
희망이 다 한날 춥지 않게 모닥불 피워주고
외로워질 때면 등 뒤에서 풀피리 불어주던
당신이 있기에 눈물이 납니다
하지만 우리에겐 별처럼 영원이란 없지요
밤새 타는 촛불 같습니다
온몸 불태우고 새벽에는 사그라지는
사랑한 흔적을 남기지 않는 당신
이런 말 어색하지만
미안합니다, 오늘 밤 춥지 않게 잘 자요

제2부

바람개비

매화

하나의 문이 닫힐 때
다른 하나의 문이 열리듯

누군가의 눈물로
첫 매화가 핀다

네가 나의 얼굴에서 눈물이 되고
내가 너의 가슴에서 슬픔이 되던

잊혔던 그 봄이 다시 오면

먼 길을 돌아온 슬픔이 슬픈 만큼
흰 꽃이 핀다

꿈

숲 한가운데 우편함이 비에 젖고 있다
비에 젖으며 수신자를 기다리던 소식이
며칠 후 우편함을 떠났다
소식이 떠났다는 소식을 접수하지 못한
불쌍한 이파리들은
이파리들은 체온을 잃은 손을 허공에 대고 떨었다
마른 눈물을 뺨에 달고 이지러지게 웃었다

이파리 옆에 이파리가 떨어져 누우며
다음 이파리를 위해 옆자리를 비워주는 배려 속에
같은 동작이 반복되었다
나무는 질서 있게 서로의 맨얼굴을 들어내고
이파리가 떨어져 나간 나무의 귀에 대고
옆의 나무의 혀가 속삭였다
떠난 건 그저 소문이라고
무서운 건 혁명은 아니라고
일상은 결코 부서지지 않는다고

나무의 긴 팔이 따라와 꿈속의 목을 휘어 감는다
절망한 목은 피하지 않는다

나뭇가지의 손톱이 깨지 못한 잠을
빠르게 해체하고 있다
손톱 끝에 이루지 못한 꿈의 조각들이 묻어 있다
꿈들은 결코 항의하지 않았고

그렇게 소식이 떠난 숲에서
그리운 너무나 그리운 그 사람도 갔다

그 숲에서는

키 작은 나무와
가지가 휘어진 나무와
이파리가 없는 나무와
깡마른 나무가

가파른 비탈에
두세 그루 나란히 서 있기도 하고
변두리에
아슬아슬하게 밀려나 있기도 하고

푸른 잎을 무성히 달고서도
날마다 혼자 우는 나무와

꽃도 열매도 없이
시간을 무료하게 보내는 나무와

고사목 옆에서
고사목이 되어가는 나무와

물가에서

뿌리를 땅 깊이 내리지 못한 나무와

대낮에도
그림자를 만들지 못하는 나무와

새들이 오지 않는 나무와

숲 한가운데 홀로 선
자작나무 한 그루도

이제껏 세상에 써졌던 모든 시가 하나이듯이
그냥 한 그루 나무였다

꿈속에 사라지지 않는 그 숲에서는

나무 그림자

사실
자란 것은 숲의 높이가 아닌
숲의 내면이었다

늘
내면에 상처를 필요로 했던 숲

잔설 같은 시간이 지나가고

죽을 만큼 허약해진 체력으로 버틴
뿌리로
나무 없이 돌아온 나무들의 그림자

문밖을 서성이다
땅 밑까지 와서
뿌리를 안고 잠드는 나무들의 그림자

눈 오는 날

나무들은

나무를 떼어내고
나무의 그림자가
숲의 표면에서 사라지는 것을
알지 못했다

그림자를 떼어준 나무들이
발바닥을 잃고 쓰러지고

쓰러진 나무들을
눈이 덮어가고

이번
겨울 숲엔...

산비둘기

오늘 새벽부터 숲속에서
첫눈이 내린 후 뚝 끊겼던
산비둘기 울음소리가 들려온다
헐벗은 나무들 틈으로 행여 보일까 하여
한참 숲속을 들여다 봐도
숲은 민망하게 텅 비어 있는데
어찌 된 일인지
비어 있는 숲속에서 새가 운다
새가 울기에 비어 있는 숲이 아닌
그 숲속에서

봄이 오지 않는다고
책장에 고이 꽂혀 있던 고독과 절망들이
아무 말 없이 문을 열고 나가버리면
밖으로 나가 빈 가지만 드러낸
숲속으로 가면
숲속으로 가서 사라져버리면
먼 숲의 딸꾹질처럼
겨우내 멈추었던
산비둘기 소리가 들려온다

들려오면
듣는 가슴이 하얗게 타는

죽도록 그리워도 내색 하나 없던
사연들이 차곡차곡 꽂혀 있던 책장에
차마 詩語가 되지 못하고 갇혀 있던 말들이
고독과 절망 속에 배추처럼 저려 진 그 말들이
말들이
한 사내의 초막에서 자라
싸리문에 혈흔처럼 남았던 그 말들이
떠나면
비어 있는 방안에 쏟아진
별빛만 가득한데
산비둘기 운다
아주 깊은 데서

새

나와 별 사이에
새가 있다

나는 별에 닿을 수 없지만
새는 별에 갈 수 있다는 생각이
틀렸다는 것을
알았지만

오랫동안
하늘을 나는 새가 사라지는 곳을
바라보았다

밤이면 새가 별에 도착하는 것처럼
때론
종이를 접어 새를 날렸다

손바닥에 떨어져 금새 녹아버리는
육각형 눈꽃처럼
바닥에서 사라지던

하얀 새의
몸

새는 별에 갈 수 없다

얼룩

창에 얼룩이 낀다
얼룩 사이로 빠져나오는 긴 한숨 소리
얼룩에도 얼룩이 묻어 있다

얼룩을 헤치고 빛의 밀도를 겨우 빠져나온
지나온 시간들이 얼룩을 지운다고
조금 더 환해질까

돌아가야 한다, 쓰러졌던 그 땅으로
다시 잡아야 한다, 놓친 손

창을 닦으면 닦을수록
지워져야 할 얼룩이 퍼렇게 더 번져간다
물로 닦여지지 않는 얼룩을 지우려면
누군가의 눈물이 필요하다
젖은 얼굴에서 꺼내온 따스한 온기의

그런데 홀로 어디까지 왔는가
돌아갈 땅과 잡을 손이 없다면
두꺼운 얼룩을 덮어쓰고 닫혀 있는

격리된 창밖에는 햇살이 눈부실까

자세히 보면
지나가는 사람들의 얼굴에도 얼룩이 묻어 있다
잎을 떨군 나뭇가지의 구멍에도
그 가지에 앉은 텃새의 입술에도 얼룩이 있다

얼룩에 덮여있는
어이없는 너무나 어이없는
동행의
길

사랑 꽃

다 말하지 못했다
그런데 보이지 않는 곳에
보여지는 것이 있던
그래서 보려고 하지 않아도
볼 수 있었던
들어내려 하지 않았지만
이미 스치고 간
살아있다는 것은
사랑하고 있다는 것
그 이외의 말이 될 수 없음을
그렇지 못하다면
서로에게
너무 가혹 하다는 것을
말하고 간
미천한 유혹들
세상을 가득 채워
그 거리에 더 이상 희망이 없었던
그래서 종소리 멈춘
망루에서
누군가의 눈물로 흘렀던

〉

미안하다

다 말하지 못해서

가슴에서 내 뼈 하나 뽑아

그 뼈의 끝에

선혈로 남은

눈물이

아직 가끔은 빛난다고

알려주고 싶었지만

스미는 것과

사라지는 것 사이

살아 있는 한

사랑할 수밖에 없는

노을과 바람 사이

별빛과 흔들리는 갈대 이파리

그 사이

사이

강물 소리

어두운 강변에 서서 두 손 모은
갈대의 깃털을
지금 차가운 별빛이 눈부시게 비추고 있소
그 빛 속에 홀로 섰소

밤새 깊어가던 강물 소리 틈새
가슴을 찢고 나온 누군가의 울음이
한없이 퍼져가는 갈대밭
나 그 소리를 듣고 있소

새벽이 오기 전에
부디 내 영혼을 깨워주오
스쳐 간 인연에 감사하며
이 죽음의 잠에서 깨어나
그대 바라보고 싶소

아직 새벽은 열리지 않았소
이 강변에 나를 잠들어 있게 하지 마오

그대 바라보도록

달빛을 보내주었어도
그대 듣도록
하늘 아래 강물을 풀어주었어도
뿌리로 땅을 밟고
물가에 서게 해주었어도

새벽이 오기 전 낮은 하늘에 떠서
다시 나를 불러주오
새벽이면
깊은 물길로 나를 가게 해주오

茶

풀잎을 마신다
계곡을 마신다
밤 깊어 호젓한 시간
풀잎 속의 너를 마신다

흔들리는 물결에 번져오는
서편제 한 잎 밟으며
다가오는 기억 속의
너를 마신다

푸르고 푸른 엽록소로 펼쳐지던 숲속
무심히 떨어지는 이슬이
잎맥의 아픈 곳을 더듬으면
찻잔을 돌며 바람이 분다
용서해라

어느 골목

그 끝에는 네가 있어야 한다고 믿지만 골목을 돌아내리며 얼핏 거기엔 아무도 없다는 생각이 든다. 그게 확실하면 멈추거나 돌아가야 하지만 내리막길의 가속도는 언제나 나를 멈추지 못하게 한다. 길은 길에 연하여 끝이 없을 듯하지만 언제라도 길은 끝날 수 있고 길이 꺾이면 거기가 막다른 길이 될 수도 있다. 골목을 헤매다 보니 그 길의 끝에 있는 너는 네가 아닐 수도 있다는 것 또한 가능하다. 너는 네가 아닌 그가 될 수도 있다. 그게 아니라면 길은 길이 아니다. 그 끝에 도달하면 어떤 일이 일어나야 한다고 믿지만 그 끝에 도달한 것 이상의 어떤 일도 일어나지 않는다는 것을 예감하는 것이 가능하고 그 가능성은 은폐된다. 놀랍게도 많은 골목이 교차하는 자궁 속에서 시가 태어난다. 골목을 헤매며 수많은 시를 썼지만 그래 봤자 사생아를 낳은 미혼모의 눈물 같은 한 편의 시를 쓴 것에 지나지 않는다. 골목길의 모든 사람이 희망하던 것은 행복이 아니라 구원이라는 것을 잘 안다. 시를 연처럼 날렸다. 끊긴 연은 골목이 구원이라고 믿는 하늘가에서 사라졌다. 아무것도 없고 아무 일도 일어나지 않는 끝에 무엇이 있어야 하나, 블랙홀처럼 전생이 구멍 속으로 빨려든다.

겨울강

물 마른 겨울 샛강에
물총새가 남긴 발자국도 없는데
오늘은 그냥 그리움이 피어나네요
철 지난 바닷가에 남겨진 빈 고동의 껍데기처럼
그리움은 이제 슬픔도 아픔도 아닙니다
물총새가 떠난 겨울 샛강에
녹은 눈 사이로 젖은 땅이 상처처럼 드러나도
겨울비 촉촉한 새벽길을 밟으며
그리움은 이젠 아무 말도 하지 않네요
그 속을 그대가 아름답게 떠내려가요

제가 그대에게 갔을 때
그대 안에 들어온 바람을 위해 그대의 움막이 불을 지펴
좁은 방의 어두움을 걷어냈을 때
내가 그 안의 지푸라기 같은 희망들을 불 지르며 탔을 때
그때도 싸리문 밖 십리 길을 서성이며
차가운 별 몇 개는 손을 비벼 떨고 있었지
빈곤의 움막을 떠난 모든 욕망의 삶이 그랬던 것처럼
싸리문 밖 십리 새벽길을 밟아 발자국도 없이 우리가
떠났어도

하늘의 별은 변함없이 높게 빛나고 있었지요
그날 창가에 머물던 별빛은 다시 볼 수 없지만
저 높은 별 아래 아직 바람이 부네요.
그대의 움막에서 덥혀 진 몸으로 그대 없이 번뇌의 사
막을 건너온
찬바람이 부네요, 겨울 샛강에
그 속을 그대가 아름답게 떠내려가요

움막의 전설이 부활하면 삶은 온통 그림자지요
이제 그대는 바람 속의 그림자예요
그대는 고백하지 마세요
떠나는 것도 남겨지는 것도 결국 같은 것임을 알았을 때
삶은 삶의 밖으로 결코 우리를 내보내지 않는다는 것을
오랜 시간의 고통과 슬픔으로 알았을 때
이제 비로소 내 안의 그대를 기쁨으로 보내요
욕망이 떠난 움막에
삶이 돌아와 희미한 등불을 켤 때
겨울비 속에 말없이 겨울이 겨울을 떠나도
마른강은 슬프지도 아프지도 않게 눈물처럼 빛나요
그 속을 그대가 아름답게 떠내려가요

시간의 숲에서 일어난 사건

봄바람이
뼈만 남은 시간의 숲을 지나고 있네요
온통 쑥뿐인 뺄산에
이따금 비가 내려요
계곡까지 숨어 내려온 낮달의 물그림자가
빗방울에 이리저리 흔들려요
흔들려요. 가슴 아프게
누군가 낙타를 타고 가고 있어요
남해 한 작은 마을 어귀를
천천히 지나고 있네요. 그 뒤를
평생 아무것도 신지 않은 한 사내의 맨발이
따라가고 있네요. 그런데도
유채꽃은 봄비에
두 귀를 내린 채 온종일 말이 없네요
사랑하고 싶어도 사랑할 수 없어요
나와 내 동생의 평생을
뼈도 없는 시간의 숲에 남겨둔 채
낙타도 없이 그가 다시
길을 가고 있어요. 우리 형제의 맨발로
그가 떠나요.
봄비 내리는 이 눈부신 날에

바람개비

시간은 형틀이었다

멈추지 않고 다가섰지만
한순간도 머무르지 못했다

사랑한다는 것은 언제나 다 할 수 없는 것

오늘도 회전문 안에서
떠나지 못하는 바람은 일고

일생은 같은 풍속에 갇혀 있다

그렇게나마 서로

개펄에 사는 흰무늬 조개와
멀리서 찾아온 검은머리물떼새도
갯바위 밑의 푸른 해초와
그 해초에 붉은 알을 낳는
뼛속 깊이 투명한 작은 게도
밤늦게 해변에 돌아와
작은 게를 부르는 밀물의 파도와
파도에 홀로 젖은 오륙도 갈매기
그믐밤 수평선에 막 떠올라
그것도 사랑이었냐고
바위섬에 묻고 가던 그 별 하나와
그 별 하나 기억하며
영원히 내 가슴에 묻혀 사는
그해 겨울 바다가
그렇게나마 서로 사랑하지 않았다면
그렇게나마 불렸다 잊혀지고
그렇게나마 미움이고 슬픔이지 않았다면
막다른 골목길에서
술에 취해 연가를 부르며 쓰러졌던 젊은 날이
아픈 기억을 품고 어찌 예까지 이르렀으랴

이르러 작은 숲의 산소처럼 타랴
등 굽은 소나무 젖은 솔잎의
마지막 엽록소를 태우랴
그 푸른 엽록소에 용해되어
대답하랴, 바로 그것이 사랑이었다고

갈매기

길은 멀고 날은 차다
어디에도 머물 곳은 없다

거기 어두운 갈대밭
너를 쓰러뜨리고 싶었다
그리고 내 여자라 부르고 싶었다

끼룩끼룩 하늘은 울고
절벽은 비어 있다

썰물이 빠져나간 드넓은 갯벌
거기 너를 눕히고 싶었다
한 불행한 여자와 함께 하고 싶었다

멀리 수평선에 가물대던 선박의 불이 꺼지면
늘 들리는 갈매기 소리만 너를 부르며
머물 곳 없는 밤하늘에 번져간다

거기 어두운 갈대밭
날아오르면서 방향을 잃어버리는 새들

너를 쓰러뜨리고 싶었다
쓰러진 너를 기억하며
다시 사랑하고 싶었다

섬진강 지날 무렵

잊혀지지 않는 날들이 있다
광주행 버스는 남해고속도로를 달리고 있었다
섬진강을 지날 무렵
풍경에 어둠이 깔리기 시작했고
논밭 한가운데 있는 작은 마을에 교회의 첨탑이 보였다
작은 배들이 묶여 있는 강변으론
실개천이 하나둘 흘러들고
논밭 사이로 작은 무덤이 보였다
수레를 끌며 늙은 부부가 하천의 둑길을 힘겹게 가고
있는데
다시 산기슭에 크고 작은 무덤들이 보였고
멀리 분지마을의 교회 십자가에 불이 켜졌다

무덤들이 있던 풍경은 어둠 속으로 사라지고 있었다
시간이 늘 우리네 인생을 현세에 두고 과거로 흘러갔듯
환생처럼 내일이면 다시 나타날 무덤들이
일단 어둠 속에 매몰되듯 잠겨갔다
실개천은 작은 하천을 만나 섬진강에 이르고
섬진강은 지리산을 기억하며 다시 바다에 이르고
집으로 향했던 사람들은 이제 돌아와 불을 켰다

논밭 사이에 널려 있던 작은 집들이
방마다 켜 놓은 불빛들이 희미하게 반짝였다
거기 마을의 작은 불빛 사이로 붉은 십자가가 높게 떠
올랐다

나는 일상에서 늘 강변의 바람처럼 미아였다
섬진강을 지날 무렵
잊혀지지 않는 사랑 하나를 기억하며
손톱이 붉어지도록 손안의 묵주를 돌리고 있었다
어디에도 없던 내가 오랜 거처인양 거기 돌아와 있었다
시간과 구원과 나는 가차 없이 서로를 아프게 묻고 있
었다
그날 하루도 내게 기억해야 할 아무런 일도
일어나지 않았는데도

낙타의 꿈

　나뭇가지에 축 처진 가죽처럼 시계 판이 걸려있는 달리의 그림을 보며

　드러나지 않는 삶의 배후와 그 예사롭지 않은 징후를 예감해 가던 그날

　오래된 일기장의 표지만큼 빛바랜 기억 속을 낙타가 걷고 있다

　해 질 녘 겨울산 가파른 협곡을 따라 걷는 낙타의 그림자엔

　등에 얹어진 짐의 부피가 나뭇가지에 걸린 시계 판보다 더 길게 처져 있다

　한 발 한 발 풀 한 포기 없는 메마른 사막을 가로지르며 키워온 꿈

　이마에 훤히 내려앉던 밝은 별들과 나누었던 오래된 이야기들은 잊을 수 없다

　그 꿈과 이야기 속을 순환하고 있는 온몸의 피는 한 줌 같은 심장이 덥이고 있다

　맥박은 요동치고 싶었지만 그럴수록 천천히 여물을 씹으며 기다렸다

　삶은 분노하는 곳이 아니었으므로 침을 씹으며 인고한

시간

　흉측하게 털이 벗겨진 등의 혹은 비고 그 빈 공간엔 삶
의 오래된 것들이 부유하고 있다
　천천히 삶의 파편들을 되새김하며 여물을 씹듯 눈 내리
는 겨울 협곡을 지나고 있다
　입술을 부빌 때마다 방울 소리가 겨울 산의 숨소리처럼
협곡의 벽을 치고 구른다

　더운 피 한 줌으로 덥혀온 몸이 식어 가는지 심장은 이
제 곧 터질 듯하다
　왜 이 길을 와야 했는지 알았다면 오지 않는 선택을 했
을지도 모른다
　그러나 행로를 결정하는 것은 나의 몫이 아니었다
　모난 돌에 채여 생긴 발등의 상처는 걸어온 행로를 말
하지 않는다
　아물지 않은 상처는 걷는 것만이 나의 몫이었음을 말하
고 있다
　오늘도 빙설을 품은 협곡의 밤은 차고 나뭇가지에 밝은
별이 몇 개 걸려있다
　깊은 밤에는 아무도 모르게 그중 몇 개의 별들이 바람

속에 운다

별이 울면 별이 울었다는 증거로 새벽 풀잎마다 이슬이
맺혔다

그래, 살아 있었다

지금 주체할 수 없이 흐르는 이 눈물을 막을 수 없을 만
큼 살아 있었다

등이 가렵다, 피가 나도록 긁는다, 너에 대한 기억들이
터져 나온다

사랑할 수 없다면 이 겨울 산에서 지워지고 싶다

많은 죽음이 삶을 그렇게 통과했던 것처럼

사랑하기에 슬프고 고통스럽게 너를 통과한다

등이 가렵다

제3부

허무집

개쑥

낮달은 그치지 않고 길을 가면서
주검의 서편을 묻고 있네요
아버지, 제 가슴속에도 매일 매일
저 허연 달이 떠요
사랑한다는 내 말 한마디 못 듣고 그냥 가신 아버지
저도 그치지 않고 길을 가면서
낮달이 지나간 서편을 묻고 있어요
당신이 서 계신 서쪽 끝에는
온통 개쑥 뿐인 산이 있지요
아무도 돌보지 않는 땅에서 시퍼렇게 자라나는 풀
그 시퍼런 개쑥을 씹으며
왜 이 땅의 노을이 붉은 지를 알아요
붉은 잇몸으로 싱싱하게 개쑥을 씹는
그 노을을 알아요
빈 소주병으로 이곳저곳 뒹굴다가 그리 가면
아버지, 저도 당신의 개쑥을 씹을게요
주세요, 조금씩 당신의 개쑥을
가진 것 없이 일평생 당신이 씹었던 개쑥을
흔하디흔한 사랑이었던 우리의 개쑥을
그래서 가장 아름다운 사랑이고 싶었던

마리아 복음서 1

그렇게 강은 흘렀다
한번 흐른 강은 멈추지 않았다
영원히 돌아오지 않았다

태어난 모든 것이 서로를 함께한 것처럼
창조된 모든 것이 서로를 사랑했던 것처럼
그러나 뿌리 없이 만난 부초들이
사랑하다 서로를 잃은 것처럼

초가을 새벽 김해 어느 샛강
길을 잃고 찾아든
막달라 마리아라 불리었던 한 여자가
그리워하며 목말랐던 삶에서 지은
일곱 가지 죄를 씻고 있었다
살아온 모든 것이 얽혀 있는
이제는 더 사라질 수 없는 공간에서

맨발을 씻으며
손 한번 잡지 못은 그 지독한 사랑을
햇살 한 점보다 더 가벼운 질량으로 해체하면서

막달라 마리아라 불리었던 한 여자가
이슬 같은 슬픔으로

마리아 복음서 4

시간 밖에서 서성이던 발자국 하나
마침내 내 안의 빗장을 풀고 들어와
비어 있는 움막에 불을 지피고
어디에도 없던 내 안의 네가 된다
내 안의 네가 된 네 품에 다시 내가 안기면
나 아닌 다른 곳에 너를 두지 말고
너 아닌 다른 곳에 나를 두지 말라는
님의 싸리문 안에
내 아닌 어디엔가 너 있어도
내 아닌 어디에도 너 없다던
님의 싸리문 안에
평화를……
막달라 마리아, 그 평화가
이 가슴에 명증하게 자리한
저 밤하늘의 높은 별과 함께

마리아 복음서 5

부초끼리 한 사랑이라
폄하하지 마라
그렇게 사랑하는 법 외에
달리 사랑하는 법을 만들지 마라
떠나기로 준비된 자
떠 있는 부초의 뿌리로 가라
닿기를 희망한 자 가지 못한
그곳에 너만의 슬픔으로 가라

마리아 복음서 7

어둠의 골짜기에 혼자 있었습니다
욕망의 능선을 오르내리며
내 것이 아닌 것을 내 것인 양 소유했습니다
모든 것이 해체되며 근원으로 돌아가는데
나를 맡기지 못한 무지로 인해
다시 죄를 얻었습니다

아름다운 것이 결함인 줄 모르고
탐하고 사랑했습니다
육신에 집착하여 영혼을 배반한 죄
또한 컸습니다
지혜에 중독되어 가지 않았어야 할 길을 갔으며
사악한 지혜를 끌어내어
진실을 아니라고 했습니다
한때 막달라 마리아라 불리었던 그대여
이제 어디에나 있는 그대여
당신의 처소에 낮고 작은 십자가로 부활하는
그를 아니라고

마리아 복음서 8

죄를 씻는 것은 하늘의 몫임을
누구도 하늘을 대신할 수 없음을
한때 막달라 마리아라 불리었던 여인이여
잊지마, 그대 상처를 치유한 물은 언제나
깨끗한 물이 아니었음을
이제 탁류에 상처를 씻고 일어서는 자
잊지마, 고통의 치유가 님의 뜻이 아님을
가라, 상처의 맨발로 가서
어디에도 머물지 않았던 부초의 사랑을 말하라

쑥

쑥을 씹고 간다
쑥 같은 인생이 쑥을 씹으면
쑥은 더욱 쑥이지만
쑥같이 살 수 없어 쑥을 씹고 간다

타다만 노을 속
유배지의 쑥을 사랑한 허무가
더욱 그립다
쑥을 씹어도 쑥이 마냥 그립다

쑥잎에 사랑한 네가 마냥 그립다
쓰디쓴 즙으로 차올라
타는 내 목 축이어도
쓰디쓴 네가 마냥 그립다

쑥같이 살 수 없어 쑥을 씹고 가면서도
꽃 한 송이 피우지 못한 쑥이 마냥 그립듯
아직 네가 그립다

산중일기

시집 대신
이번엔 삶은 달걀을 넣고
첩첩산중에 갔지
기절한 듯 누운 마을에 가서
쑥을 캤지
너무나 고요한 정적 때문에
이름 없는 협곡에 닿은 허연 달이
잠시 울었어
무엇 때문인지
정말 무엇 때문인지
뽑혀 나온 쑥이 따라 울었어
캐지 않은 쑥들도 따라 울었어
울지마
산맥은 생긴 대로 있는 거야
쑥은 쑥일 뿐이야
울지마 제발
내가 알 수 없는 이유로는
울지마
마을은 기절한 듯 누워 있잖아
나는 너를 잊었잖아

허무

허무는 불면의 늪을 지나
깊은 밤에 왔다
치욕의 긴 강을 지나 목멘 울음을 가라앉히며
차가운 밤에 왔다
희망의 나무들이 뿌리 채 뽑혀 뒹구는 들판에서
몇 개의 주검과 주검 속에서 삭고 있는 뼈를 만나고
쓸쓸한 바람 속에 내 방에 왔다

허무는 나의 시 긴 혀를 자르고
간사한 이념을 자르고
타협에의 유혹을 자르고는
허전한 가슴으로 내게 와서 몇 개의 결별을 가리킨다
내 가슴에 아직 마르지 않은 가슴뼈를 하나 꺼내
나와 결별하라 한다

이번엔 내가 불면의 파도를 데리고
깊은 허무의 바다로 갔다
겨울 저녁 파도 위에 힘없이 쓰러지는 노을을 보며
바다 위의 한 섬에 갔다
허무의 텅 빈 방으로 한 사내의 거처를 끌고

절망처럼 갔다

허무의 방에 정박한 세월을 만나 사랑 하나를 고백한다
고백의 눈시울을 털며 흰눈썹의 새가 날고
정박한 세월의 마스트에서 깃발로 흰눈썹의 새가 펄럭
이고
한 번의 사랑 때문에 영원히 뜨거워진 별들이 빛나고

내가 불면의 파도를 데리고
깊은 허무의 바다로 갔을 때
별들이 하늘에서 쏟아지는 매일 밤을 보았다
돌아오는 길에는 언제나
밤하늘에 아편 꽃처럼 詩가 돋고

허무라는 이름의 화냥년

뒷간에 묶어 가두어 놓을까요
더 이상 지랄치지 않도록
하늘 끝에 높이 매달아 놓을까요
이 땅의 아름다운 사람들을 유혹하지 않도록
아니면 죽도록 두들겨 팰까요
다시는 입도 벙긋 못하게
아 어쩔까요, 허무라는 이름으로 버젓이
이 땅에 함께 살고 있는 이 화냥년을
깊은 밤 골목길
살이 타면 다시 찾게 되는 내 그리운 화냥년을
맨얼굴을 비웃으며 짙은 화장 속에 숨어사는
내 그리운 화냥년을

서편제 한 잎

대낮의 하늘을 밟고 가는 낮달이
뼛속의 언어보다 더 슬프다
시간의 숲에 사생아가 된 詩 한 편이
오늘도 총총히 걷고 있다
서편제 한 잎
아픈 이파리로 밟으며

빗물의 그대

비가 내렸다
네가 내렸다
빗물의 그대
비 속에 네가 쓰러진 뒤
내게 천국은 없다
비 속에 또 비가 내린다
내리는 비에 네가 젖고
다시 네 속에 내가 젖는다
빗물의 그대
내 속에 네가 쓰러지고
너 쓰러진 위를
내가 다시 흐른다
너 사라진 뒤
허무의 바람만 키운
이기의 방
부활이 내게 올 수 없음을 알면서도
파득거리고 싶은 날개 위에
詩의 알을 낳는다
이기의 방에 비가 내린다
허무가 아파진다

부서지지 않는 벽 앞에
나는 안다, 완전히 상실했음을
빈 뜰에
우리가 다시 내리고
우리가 다시 쓰러져도
빗물의 그대여
비 속에 네가 쓰러진 뒤
내게 천국은 없다

흔들리면서 바람 속을
지나고 있다

김영훈

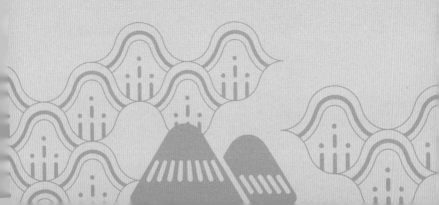

제4부

투명한 살의 물고기

비양도

패사의 해변으로 너는 왔었다
바람의 날개를 타고
너는 왔었다 때론 새의 이름으로
혹은 무너지는 노을빛으로
바다를 적셔왔던 모든 것은
그렇게 아름다웠다

시간은 썰물보다 멀리 갔지만
돌아와 보니 너는 아직 섬으로 떠 있었다
바다는 아직 사라진 바람의 날개 위에
시를 쓰고 있었다
오늘도 바람이 분다 그리고 이제 안다
바람이 조각하는 눈물의 십자가를

모든 것은 구원을 향해 가고
있었다. 그러나
닿을 수 없어 포말에 젖도록 바라보다 돌아서는
비양도, 그 앞 바다의 치마폭에
흩어지며 또 써지고 있는
부활의 시

섬진강

살이 투명한
한 마리 은어를 찾아 온
나는 어부였다
나의 시는
은어의 투명한 살 속에 들어난
뼈의 언어였다
하얀 갈대꽃은
강변에 눈부시게 피고 지는데
은어를 잡는 어부의
시는
섬진강의 눈물이었다

그 뼈 하나

쓸쓸한 나를 하나 버리고
괴로운 나를 하나 버리고
슬픈 나를 하나 버리고
고독한 나를 또 하나 버리고
무력한 나를 또 하나 버리고
절망한 나도 또 하나 버리고
무지한 나를 하나 더 버리고
허무한 나도 하나 더 버리고
아픈 나를 마저 버려도
결코 행복하지 않은
그 뼈 하나가 남으리
결국 버리지 못하는
그 뼈 하나는 남으리

이 숲속에서는

머뭇거린다
숲은 이미 젖어 있고
아침이 와도 나무들은
젖은 가지를 털며
머뭇거린다
멀리 떠난 새가
새벽에 예고도 없이 돌아와
허공에서
머뭇거린다
왔던 길이 되돌아 가
다시 오며 길모퉁이에서
머뭇거린다
하나의 슬픔을 쥐고 선
다른 한 손을 향해
머뭇거린다
깊숙이 젖지 못한 숲이
말없이 서 있는 나무들을 향해
드넓게 펼쳐지지 못한
하늘 한 자락이
거처를 잃은 작은 새를 향해

그래, 상처의 새를 향해
머뭇거리며
아직도 사랑하느냐고 묻는다
내 숨골의 깊은 곳에
낙엽처럼 떨어진
지난 날의 네 숨소리를
아직도 들을 수 있다며
머뭇거린다
다시 말할 수 없는 한 마디를 위해
오늘도
이 숲속에서는

그림 속의 사랑

그 붉은 해의 젖가슴은 잊어
어둠의 깊은 터널로 들어간
이별은 그냥 가게 해
자시에 쓰러져
새벽녘에야 겨우 잠이 드는
불면의 풀잎들은
다시 세워
그 아픈 손들을 잡아줘
차가운 이슬로 맨 얼굴을 맑게 씻은
풀잎의 허무는
새벽 햇살에 빛나야 해
이슬의 강은 멈추지 않고 흘러야 해
그림 밖까지 흘러 흘러 다시 세상으로 나가
한 번은 더
저 마른 땅을 적셔야 해
이 사랑을 말해야 해
긴 포복으로 밤늦게 돌아온 새들은
함부로 지저귀지마
말없이 가시덤불 속에서
그 추려진 아픈 뼈 속에서

나의 언어처럼 다시 잠들어야 해
칠흑의 복면으로 얼굴을 가리고
풀잎의 이슬을 밟고 선 부끄러운 그믐달은
가지마
네 버선코에 풀잎의 눈물을 적시며
그렇게 떠나지마

섬

네가 그곳에 있는 한
나는 그곳에 갈 수 없다

좁은 모래톱 어디엔가
늘 바다가 그리운
한 마리 붉은 게로 남고 싶다

다시 불러도 서편제는

내가 이르지 못한
아름다운 바다야
네 파도의 부서지는 슬픈 흔적에
다시 한 번 이 사랑 말해다오
나 혼자선 닿을 수 없는
깊디깊은 밤하늘아
네 별들의 영롱한 거처에
이 사랑 한 번 데려가 주렴
세상 한 편에 남아
떠난 자를 위해 목이 터져라 매일 불러도
부르면 부를수록 다시 새로워지던
이 이룰 수 없던 사랑의 노래
지금 세상이 외로워진 사람들의
첫사랑이 되어
아무도 없는 밤길을 밟아
젖은 비처럼 떠나고
모른다, 정말 모른다
이따금 왜 사람들이 막힌 골목길에서
첫사랑을 떠올리며 죽어 갔는지
왜 밤마다 술 취한 골목길이
새벽이 올 때까지 서편제를 불렀는지

협제 해변에서

그랬다
너를 사랑하기 위해서
백사장에 묻힌 조개처럼
내 뼈는 빛나야 했다

너의 기억은
아직 그 뼈 속에
바다의 소금처럼 남아있는데

노을에 물든 검은 암반 위
붉은 게 한 마리 남기고
파도는 또 저렇게
푸른 산호초의 바다로 떠나는데

그랬다
너를 사랑하기 위해서
백사장에 묻힌 조개처럼
내 뼈는 빛나야 했다

그렇잖아

그렇잖아
그렇게 쓸쓸히 하루해가 지고
붉은 노을이
소나무 한 그루 낮게 솟은 언덕의 하늘 한편에서
힘없이 기울고
커다 한 돌에 아래로 흐르는 길이 막힌
강물 위에 뜬 몇 개의 낙엽들
물 위를 나르던 새들이 서서히 울음을 죽이고
깃털처럼 흩날리던 억새풀에
초겨울의 찬 울음이 스미면
하늘 한번 쳐다보고 강물 한번 쳐다보고
먼 데 불이 켜지기 시작한 마을로 가는 길
밭에는 미처 캐지 못한 무 뿌리가 얼고 있다
하고 싶은 말이 있었다
그러나 부질없었다
너를 홀로 잠 깨어 있게 하고 싶었다
잠깨어 내 기도를 듣게 하고 싶었다
흐르는 모든 것 가운데
너만은 남겨 내 기도를 듣게 하고 싶었다
네게 스밀 수 없다면 그렇다, 스밀 수 없다면

너의 하늘 위로 번지어 가고 싶었다, 그러나
너를 사랑하기에 모든 것이 부질없었다

그렇잖아
이 모든 괴로움을 갖고 또 다시
또 다시 나는 어디론가 가고 있다
논을 지나 밭을 지나 마을 어귀를 돌아 서면
다시 머나 먼 바다 먼 바닷길 그 어딘가에
내 삶을 놓고 발길은 어디론가 가고 있다
정착할 수 없는 뱃길에 올라
가질 수 없는 사랑을 꿈꾸며 그렇게 가슴이 메어진다
작디작은 사랑이었다 초라하다
하지만 나는 내 삶에서
그렇게 우연히 우연히 푸른 엽록소를 보았다

천천히 걷는 길에 해가 기울었다
마흔 아홉의 일기장엔 우울한 단어들만 난무하고

작은 가슴 어딘가를 밟고 가버린 사람들의 발자국들
여태껏 걸어 온 길들이 갑자기

발 앞에서 사라진 날

울타리의 한 편을 허물고 허탈하게 웃고 있는 자화상

그래 원래 길은 어디에도 없었는데

길이라고 믿고 걸었을 뿐

길이 나를 떠날 수도 있었건만

늘 내가 길 위에서 떠난다고 생각했지

마흔 아홉의 기억 속에 너를 묻고 서성이면

묻혀지지 않는 너를 묻었다고 생각하고

길이 떠난 땅 위에서 서성이면

아니 가지 못 한다 오늘은 여기 서서 너를 보리라

눈물의 해돋이 위로 오늘의 절망이 새로 빛나게

강물 한 번 더 쳐다보고

다시 너의 하늘 위로 번지어 가고 싶다

해변에서

협제의 저녁놀이
물로 젖어 무너지고
상실의 기억마저
다 물 되어 무너지면
늘 떠나던 것들의 위로
비가 내린다
사랑한 자의 가슴에서
사랑했던 자의 이름처럼
남은 자의 침묵 속에
늘 떠나던 것의 흐름처럼
물 되어 비로 무너져선 안 되는 것이
물 되어 무너진다
오랜 세월 그렇게 떠나온 사랑
되돌아가지 않기 위해
저 먼 바다에 이르러
심해의 돌이 되리라
그리고 사랑을 떠나왔기에
홀로 아름다워진 슬픔으로
붉은 해초를 키우리라
지금도 비가 내리면 내릴 때마다

그렇게 하나씩 무너져 내리는 것이
빗물 속에 있다

문

문을 열고 들어가
그 안에 만나야 할 사람이 있는데
벽이 모두 허물어져
문이 더 이상 문이 아닌데도
내 힘으론 열 수 없는
그런 문이 하나
사이에 있다

이젠 만나야할 사람이 없는데도
문이 하나 있기에
늘 가슴 설레며 살아야 하는
그런 문이 하나
세상에 있다

차를 마시며

너는
아무 것도 없는 허공에서
빗물로 태어났지
끝없이 떨어지는 너를 받으며
나는
한 쪽씩 무너질 수밖에 없던 땅
젖은 네가 스미면
그래도 마다않고 무너졌던
나는
결코 너의 눈물로는 치유될 수 없는 상처였지
가라
올 때는 물밀듯이 한꺼번에 왔지만
갈 때는 조금씩 가라
네가 떠나고 詩의 순이 돋던
숲속의 길을 밟아 오늘
새벽이슬을 마신다
사라지는 너를 찻잔에 받아
빗물의 너를 마신다

가지 않는 파도

내가 매일 버리는 저 바다에
가지 않는 파도가 운다
우는 파도를 내가 운다
그 파도가 죽어 있는 시간을 운다
건너지 못한 그 바다를 운다

투명한 살의 물고기

나는 비어 있지요
살 속의 뼈가 훤히 들여다보이는
투명한 살의 물고기처럼
하루하루 내 살은 투명해지고
어느 날은 욕심 없는 맨눈에
내 뼈가 보여요
내 뼈 속에는 다시
투명한 살의 물고기처럼
시간의 맑은 강을 스쳐가는
하얀 뼈의 당신이 보여요
하얀 뼈의 당신이
영원한 시간 속에 평화로이
살고 있는 것이 보여요

그믐달

창밖의 어둠을 들여다보면
흰고래 뼈처럼
오늘도 시간의 포경선에 끌려가는
사랑했던 한 여자가 있다

섬진강

말없이 살기 위해
낮은 모래톱에 재첩을 품고
다만 바라보기 위해
달빛 아래는
銀魚 떼를 빛나게 했다

너는 모른다
지리산은 모른다
모래톱을 열고나와
재첩이 바라보는 작은 세상을
그 隱語를

너는 모른다
지리산은 모른다
너를 흐른 눈물이 키우는
이 빛나는 銀魚 떼를

싸리문

풀잎 속에 초가 단칸 짓고
그대 기다리는 슬픔
슬픔 그대로 두겠어

간밤 싸리문 밖
서성이던 별 발자국
풀잎의 슬픔은 아프게 밟고 갔지만
내 슬픔 밟아 줄
그대는 오지 않았어

아득히 세상 아우성치는 소리 들으며
풀잎 속 초가 단칸
그만 헐고 말았지만
슬픈 시 한 자락
싸리문에 그대로 걸려 있었어

겨울 빗물처럼

글쎄, 살아 있다는 것은 뜻밖이야
그리움에 대한 것을 말한다는 것은
더욱 더 뜻밖이야
무거운 침묵 같은 것에 억눌리다가
겨우 겨우 터놓은 말
이제도 감히 사랑이라 말할 순 없지만
겨울 빗물처럼 고독하게 터놓는 말
아직도 네가 그리워

부끄러운 창가지만 잠시 머물러 주렴
내 맨손의 마당인데 한번 절름거려 볼래?
그곳엔 한 번도 이르지 못한 바다지만
물로 함께 떠나보자
하얗게 풍화되어 서리처럼 보이지만
한 편에 겨울 빗물처럼
따뜻하게 남겨진 말
너를 사랑해

흔들리면서 바람 속을
지나고 있다

김
영
훈

시간과 타자 속에서
일상적 삶과 구원의 고독

박미정 (시인 · 문학평론가)

시간과 타자 속에서 일상적 삶과 구원의 고독

박미정
(시인 · 문학평론가)

1

문학은 인간의 원초적 심성을 가장 잘 드러낸 예술이다. 특히 시의 영역은 그 언어의 상징성으로 말미암아 이러한 원초적인 정서표출을 더욱 쉽게 한다. 우리가 시를 읽었을 때, 그 이미지 속에 동화되고 감동하는 것은 시가 인간 내부에 잠재한 원초 심성을 내포하고 있기 때문이다. 그러나 시인의 개성과 지성과 감각의 차이에 따라 원초 심성은 여러 형태로 나타난다.

2

김영훈 시인의 고향은 부산이다. 하지만 서울에서 성장했고, 서울중·고등학교, 서울의대를 졸업하였으며 서울에서 전문의가 되었다. 1983년부터 33년 3개월간 인제대학교 의과대학 교수로 부산백병원, 해운대백병원 과장을 역임했다. 젊은 시절에는 전공에 충실하였고, 대한신경정신의학회 이사장을 지냈으며, 주로 의학자로서 200여 편의 논문을 썼다. 뇌과학자라는 평을 갖고 있으며, 국립공주병원장으로 발탁되면서 의대를 퇴임하고 공무원으로 정년퇴직하였다.

특히 시인은 의대 시절부터 문예활동을 하면서 시를 쓰기 시작했고, 정호승을 비롯한 1973동인(1973년 신춘문예 당선자 모임)들을 좋아했으며, 특히 황동규, 정현종, 김춘수 등의 시들을 즐겨 읽었다.

시인의 시집 『흔들리면서 바람 속을 지나고 있다』는 상상계와 상징계를 가르는 분기점으로 언어의 습득이라는 계기를 지적하는 라캉의 예를 굳이 언급하지 않더라도 가장 강력한 상징성을 지닌 어휘 사용을 볼 수 있다. 그것은 시시각각 분절 가능한 시간으로서의 의미를 내포하고 있어 진실이 분명하게 드러나고 있다.

구체적으로 말하면 "내가 시를 쓰는 건/ 지울 수 없기 때문이야/ 바람이 부는 숲 위로/ 별이 빛나잖아/ 아직"(「서시」 부분)에서 의식되는 '밤'과 "바람이 분다/ 새는 붉은 노을을 향해 날아오른다"(「새는 붉은 노을을 향해 불지만」 부분)에서 '노을'의 배경은 시간의 알레고리로서 기능한다. 이것은 일상적인 것을 수락하는 안온함을 찾게 하여, 전환점이라는 새로운 양상으로 나타나게 된다. 「너에게로 가는 길」의 경우 "너에게로 간다"에서 '간다'의 행위가 가야 할 현상의 고뇌에 의해 그리움으로 이끄는 변증법적 논리로 작용한다. 그 작용은 원초심성에서 오는 그리움에 관점을 두고 있다.

> 여름내 무성했던 나뭇잎이
> 낙엽이 되어 흙으로 돌아와 눕듯이
> 나는 매일 저녁이면
> 너에게로 간다
> 낙엽은 흙에게 거름이 되어주지만
> 나는 네게 눈물 한 방울 주지 못하지만
> 향기보다는 아픔이 배어 있는 네게서
> 나는 잃어버린 고향을 찾는다
> 매일 저녁 나뭇잎이 흙으로 돌아가듯
> 해가 서산에 묻히듯
> 나는 너에게로 간다
>
> – 「너에게로 가는 길」 전문

「너에게로 가는 길」에서 '가다'의 근원적인 자각을 보다 심화시키고 있는 것은 '저녁'이라는 시점이다. 그 시점은 "나는 잃어버린 고향을 찾는다"의 상태에 접근하기 위한 노력으로 용해되고 있음을 느끼게 한다. 그리움은 형상이 있는 것이 아니다. 형상이 있다면 허상이다. 시인은 진실의 가치에 의욕을 두는 방법으로써 '–눕듯이', '–가듯', '–묻히듯'이라는 직유를 사용하여 그리움에 대한 관심을 갖게 하며 자기 성찰로 시선을 돌리고 있다. 그리움의 실상과 본질에 대한 추구라고 할 수 있다.

내가 누구인지 나는 모른다

바람결에 이 세상으로 밀려왔다

와 보니 세상에는 별이 뜨더라

어디로 가는지도 물론 모른다

산등성이를 몇 개 넘어 다다른 해변

도요새들이 쉬었다 가는 해변

나는 바다로 나아가 섬이 되었다

이따금 뱃고동이 울리고

해변에선 해바라기가 자랐다

인근 산호초 사이엔 게가 알을 낳았다

애초에 나는 섬인 줄도 모르고

밀려오는 파도를 사랑했다

밤에 먼 육지의 불빛을 보고

내가 섬인 줄을 알았을 때

하늘의 모든 별들이

애초에 섬이었다는 것을 알았을 때도

파도는 언제나처럼

별빛 아래 부서지고 있었다

– 「그때」 전문

김영훈은 그의 시집『흔들리면서 바람 속을 지나고 있
다』의 「시인의 말」에서 "한마디로 치유의 시이다. 아파서
썼고 쓰다 보니 잠이 들었다. 이 시들은 쓰여진 것이 아니
라 나를 넘쳐서 우러나온 것들이었다. 깨어나니 실로 오

랜 시간이 흘러 있었다. 어느 무인도에서 구조를 바라고 흔드는 깃발처럼 누군가 이 시들을 읽어주기를 희망했다. 부질없었다."고 했다.

시인이 말하고자 하는 것은 "내가 누구인지 모른다"는 진실이다. 이것은 나의 주체를 어떻게 규정할 것인가 하는 지각의 문제이다. 그것은 "와 보니 세상에는 별이 뜨더라"고 하는 의식의 문제로 환치되어 자아 중심의 사고를 노출하고 있다. '그러나'가 생략된 "어디로 가는지도 모른다" 그 이후 모습은 "내가 섬인 줄을 알았을 때" 이전까지, 타인을 대신한 삶으로 정의할 수 있다. 동시에 타인에 대한 연대는 "애초에 섬이었다는 것을 알았을 때도" 지각의 문제와 의식의 문제가 인간의 삶을 구체적이고 실천적으로 그려주고 '그때'라고 하는 시간의 현상학 전통에 서 있으면서도 나와 타자라는 인간을 절대화하지 않고 섬·파도·별 등과 동시에 연대하고 있다는 사실이다. 레비나스는 "현상학을 통해 현상학을 극복한다"라고 말한 바 있다. 이와 같이 시간에 따라 순환하는 세계를 소묘함으로써 시인이 선택한 타자로서의 '나'가 그대로 반영되고 있다는 것과 같다고 하겠다. "나는 나를 알 수 없다 내가 무엇인지 알지 못하는 내가 지금 무엇을 하려 하는지 알 수 없다 내가 무엇인지도 모르는 내가 하려고 하는 일은 나와 어떤 관계일까"(「나와 바다」 일부)에서 나의 존재함은 어떤 지향성을 갖고 있는지에 대한 의문으로 내가 곧 타자라는 인상을 받는다. 이것은 주체의 비밀과 주체의 고독을 값

싸게 쉽게 포기하지 않으려는 데 있다. "여름내 무성했던 나뭇잎이/ 낙엽이 되어 흙으로 돌아와 눕듯이/ 나는 매일 저녁이면/ 너에게로 간다"(「너에게로 가는 길」 일부)에서 '너'를 담지자로서 정의하려는데, 이것은 서로 함께 있음에 대해서 말하고 있다고 하겠다. 다음은 「너와 나, 그 세 개의 거리」를 통하여 추구하는 세계를 살펴볼 수 있을 것이다.

3

너와 나 사이에 열 수 없는 문이 있어서 손 내밀어 우리 서로 손 마주 잡지 못하고 어떤 견고한 벽이 문을 붙잡고 있는지 살펴보아도 벽은 보이지 않고 그나마 문이 닫혀 있는지 확인하려 해도 나는 문에 다가서기조차 못하고 왜 그 문이 열 수 없는 문이 되어버렸는지 내 인생에선 밝혀지지 않을 것임을 알기에 네게 다가가려던 손을 황급히 접는다, 아쉽지만 //

오늘도 바람개비는 돌고 있는데 바람이 멈추어야 바람개비도 멈추는데 바람은 계속 불고 만약 바람이 세게 불어 바람개비가 정신없이 돌아가면 그래도 언젠가는 멈추리라는 기대를 할 수 있으련만 똑같은 속도로 바람이 불면 언제 바람이 그칠지 알 수 없는 만큼만 바람이 불면 단위 시간당 거리가 똑같은 인생의 풍속만큼만 바람이 분다면 바람개비는 모든 아픈 기억을 같은 풍속에 가두고 나는 운명 같은 삶을 벗어날 수 없다

오늘도 내 삶은 같은 풍속에 갇혀 너에게 이르지 못한
다

– 「너와 나, 그 세 개의 거리」 일부

이 시에서 너와 나 사이에 열 수 없는 '문'은 고독의 불안
을 뚫으려는 고차원적 요구로서 단순히 극복되는 그런 것
이 아니다. 살펴보아도 보이지 않는 벽을 향하려면 통과
해야 되는 '문'이기에 이율배반, 구원과 만족의 진정한 관
계의 세계를 그리고 있는 것 같다. 구원과 욕구는 환상의
세계를 향하려는 것이 아니다. 고독의 감정이 하나의 요
소로 남아 '문'과 '벽'을 통과해야 하는 상황에서 광기의 바
람까지도 극복해야 하는 불안은 너에게 이르지 못하는 균
형 잃은 태도를 보이고 있다. 불안은 '문'과 '벽'이라는 연
대 의식과 명민함을 요구하는 세계 안에서 바람의 외면으
로 "내 삶은 같은 풍속에 갇혀 너에게 이르지 못한다"는
숙명적인 생각에 마침내 이르고 만다.

김영훈은 「쇠똥구리 사랑」에 가라앉은 목소리가 풍기는
숙명적인 아픔이 그대로 응어리져 있다.

지금
내가 진실로 하고 싶은 일은
갯벌에 널브러진 수많은 돌멩이 가운데
어느 하나를
고이 품속에 안고 돌아오는 것이다

그리고 품 안의 돌이 동그랗게 진주가 될 때까지

품고 기다리는 것이다

그냥 보통의 한 여자가 그렇게

진주보다 더 귀하게 될 때까지

그 곁을 떠나지 않는 것이다

누군가 바보 같은 사랑이라고 말한다

그때 나는 눈물이 난다

– 「쇠똥구리 사랑」 전문

"지금/ 내가 진실로 하고 싶은 일은/ 갯벌에 널브러진 수많은 돌멩이 가운데/ 어느 하나를/ 고이 품속에 안고 돌아오는 것이다"라는 구절에서 중요한 결론을 내포하고 있는데, 거기에는 삶의 고뇌가 있으며 사랑을 희구하고 있다. "품 안의 돌이 동그랗게 진주가 될 때까지"의 기다림은 비극적 체험을 현재화하면서 그 실상은 그 곁을 떠나지 않는 것이라고 하여 현실적인 상황을 수용한다. 지금은 현실이다. '품고 기다리는 것'이라고 한, 쇠똥구리 사랑이 함축하고 있는 이미지는 인간의 휴머니티를 회복하려는 노력이라 보아진다. 이렇게 볼 때 사랑의 역할은 다음 시에서 얼마든지 유추할 수 있다. "너를 들려주려 하지 말라/ 귀를 닫았던 퇴적의 세월/ 협곡을 구르며 없앤 얼굴/ 세상은 저만치 있고/ 내겐 귀가 없다/ 귀를 없앤 얼굴이 서글피 웃고 있다"(「돌의 침묵」 일부)를 구별 지어 살펴보면 너를 들려주지 말라는 데 사랑이 개입되어 있다. 모든 대상은 의식의 언어로 말해질 수 있는 상황이 아니다. 다시 말해 세월에 포착될 수 있다. 그것은 일상적인 초월이 아니라 현실의 객관성, 그것은 주관성 자체이므로 내겐 귀가 없다는 이성의 고독한 성격에서 아무것도 빼앗아 가지 않는다는 존재자의 침묵을 완성한다. "오늘은 낮게 내일은 드높이,/ 높이가 유일한 방향이었고/ 평생을 함께 했어도 이루지 못한 사랑처럼 늘 네가 있었다/ 돌아보는 순간, 어둠과 밝음 사이/ 새벽강 물안개처럼 흩어지는 인생인가/ 나의 다른 날개여, 내 통곡의 이름이여"(「비익조」일부) 비익조는 실체가 아니다 하지만 삶과 자연의 현상 속에서 제유적으로 인식된다. 이러한 제유적 인식은 사랑의 경계를 허문다.

　광장으로 가는 작은 길을 모두 막고
　좁은 골목길이 곧 끝이 나서 막다른 길이 될 것 같은 곳
에 멈춘다.
　길의 한 손이 흔들리면서 길의 다른 손을 낚아채면 길도
흔들린다.
　막다른 골목에 멈춘 바람이 제 속도에 못 이겨 회오리를
일으켜 보지만
　찻잔 속의 태풍이랄까 풍경은 아랑곳하지 않고 모른 체
한다
　꽃이 피는 계절의 끝에 서 있던 꽃이 지는 계절의 시작은
　꽃잎을 떨구고 장렬하게 낙화가 되는 꽃잎 하나를 지켜

보면서

떠나는 꽃잎 하나를 향해 손수건을 흔든다

꽃잎 하나가 흔들리면서 흔들리지 않으려고 하나 흔들
린다

결국 흔들리는 것은 뇌 속에 사는 기억을 담은 조그만 신
경세포일 것이다

지가 흔들리면서 세상이 흔들린다고 아우성치는 놈들이
있다

골목길의 벽돌 하나와 꽃잎의 엽록소 하나와 내 몸의 단
백질 하나가

오늘도 아우성치면서 흔들리면서 바람 속을 지나고 있다

– 「흔들리면서 바람 속을 지나고 있다」 전문

우선 이 시에서 찾을 수 있는 것은 생의 영원한 갈증이
다. 시인이 추구하는 것은 아우성이 고조될 때 요구되는
그 본질적인 모습이다. 그 모습을 흔들리면서 바람 속을
지나가는 것을 의식하는 나의 본래 모습 이미지로 투시하
고 있다. '흔들린다'는 것은 살아 있다는 말이며, '바람'을
받아들인다는 것은 타자의 얼굴을 받아들임으로써 동등한
타자로서 아무것도 요구하지 않는다는 것이다. 즉 인간과
자연 사이의 대칭적 관계를 구축하지 않음으로써 평등의
차원에서 "골목길의 벽돌 하나와 꽃잎의 엽록소 하나와 내
몸의 단백질 하나"를 주인으로 모실 때 강자의 법을 폐기
한 레비니스의 자기실현의 구축 의미를 보여주고 있다.

4

어두운 강변에 서서 두 손 모은
갈대의 깃털을
지금 차가운 별빛이 눈부시게 비추고 있소
그 빛 속에 홀로 섰소

밤새 깊어가던 강물소리 틈새
가슴을 찢고 나온 누군가의 울음이
한없이 퍼져가는 갈대밭
나, 그 소리를 듣고 있소

새벽이 오기 전에
부디 내 영혼을 깨워주오
스쳐간 인연에 감사하며
이 죽음의 잠에서 깨어나
그대 바라보고 싶소

아직 새벽은 열리지 않았소
이 강변에 나를 잠들어 있게 하지 마오

그대 바라보도록
달빛을 보내주었어도
그대 듣도록

하늘 아래 강물을 풀어주었어도

뿌리로 땅을 밟고

물가에 서게 해주었어도

새벽이 오기 전 낮은 하늘에 떠서

다시 나를 불러주오

새벽이면

깊은 물길로 나를 가게 해주오

– 「강물소리」 전문

이 시에서 그리움이 뜨겁게 부각된다. 그것은 1연에서
강변에 펼쳐지는 차가운 별빛, "그 빛 속에 홀로 섰소"의
독백은 그리움의 가슴을 엄습하고, 2연에서 누군가의 울
음, "나, 그 소리를 듣고 있소"라고 하여 절대적 타자와의
합일을 희구하는 방식을 취하고 있다. 3연에서 "새벽이
오기 전에/ 부디 내 영혼을 깨워주오"라고 하며 새벽을 경
계점으로 두고 시간을 재촉하는 급박한 호흡에서 간절한
갈망을 엿볼 수 있으며, 4연에서 돌연히 엄숙한 자세가
되는 것은 정신의 영역으로서 순수한 관념적 차원을 드러
낸다. "아직 새벽은 열리지 않았소/ 이 강변에 나를 잠들
어 있게 하지 마오"에서 드러내는 긴장의 흐름은 '그대'의
존재론적 변용을 가능케 하는 통로가 되며, 5연에서 '그
대'가 베푼 행위를 '-어도'를 사용하여 '그대'를 예민하게
인식하기 이전의 세계를 상기하며 진실을 말하기 위한 장

치로 여겨진다. 그것은 6연에서 "다시 나를 불러주오", "깊은 물길로 나를 가게 해주오"라고 하는 자기 현실적 자아의 모습은 구원을 지향하는 시인의 욕망을 투영하고 있는 것이다. 이러한 현실은 대상에 귀속되는, 대상세계를 더욱 의미화하며 절대 진리의 만남을 그리움으로 시사하고 있는 것 같다.

다음 시 「꿈」에서 현재의 상황이 불길하고 음산하게 묘사되며, 파편화된 시간의 양상으로 드러나는 꿈을 통해 그리움을 읽어본다.

숲 가운데 우편함이 비에 젖고 있다
비에 젖으며 수신자를 기다리던 소식이
며칠 후 우편함을 떠났다
소식이 떠났다는 소식을 접하지 못한
불쌍한 이파리들은
이파리들은 체온을 잃은 손을 허공에 대고 떨었다
마른 눈물을 뺨에 달고 이지러지게 웃었다

이파리 옆에 이파리가 떨어져 누우며
다음 이파리를 위해 옆자리를 비워주는 배려 속에
같은 동작이 반복되었다
나무는 질서 있게 서로의 맨 얼굴을 드러내고
이파리가 떨어져 나간 나무의 귀에 대고
옆의 나무의 혀가 속삭였다

떠난 건 그저 소문이라고
무서운 건 혁명이 아니라고
일상은 결코 부서지지 않는다고

나무의 긴 팔이 따라와 꿈속의 목을 휘어 감는다
절망한 목은 피하지 않는다
나뭇가지의 손톱이 깨지 못한 잠을
빠르게 해체하고 있다
손톱 끝에 이루지 못한 꿈의 조각들이 묻어 있다
꿈들은 결코 항의하지 않았고

그렇게 소식이 떠난 숲에서
그리운 너무나 그리운 그 사람도 갔다

– 「꿈」 전문

융은 개인적 생활에서 빚어지는 '잊혀지고, 억눌려져, 잠재의식으로만 지각되는 생각과 모든 종류의 느낌들'을 개인무의식personal unconscious이라 하였다. 이 시에서 '꿈'으로 투사된 객관적 상관물은 '이파리'로 함축하고 있다. 이 파리들은 '나무의 혀'가 시간을 탈각시키는 것에 안주하지 않는다. "나무와 긴 팔이 따라와 꿈속의 목을 휘어 감는" 것을 피하지 못하지만 자체의 힘을 발휘하여 나뭇가지의 손톱이 깨지 못한 잠을 빠르게 해체하는 능동성을 보인다. 그것은 환상의 형태와 유사하다. 나뭇가지의 손톱은

특수한 위협이나 위해와 관련된 것이 아니라 개인의 어떤 일반화된 감정 상태인 것이다. 즉 외적 세계에 대하여 무의식적으로 형성된 감정을 통해 그 대상을 잃어버린 공포라고 할 수 있다. "그렇게 소식이 떠난 숲에서/ 그리운 너무나 그리운 그 사람도 갔다"라고 읊조리는 부분은 그리운 사람을 만나고 싶은 간절한 희망이 묻어 있어 안타깝다.

5

김영훈 시인의 시집『흔들리면서 바람 속을 지나고 있다』를 읽으면 빠져들게 하는 매력이 있다. 대상을 단순히 바라보고 수동적인 방식으로써 '내면'이자 '개인'을 강화하는 기법의 시적 장치가 있는가 하면, 시공간을 지칭하는 부정법 infinitive의 시간 속에 놓이게 함으로써 개별적인 세계를 확장하려는 시도가 있어 특별하다. 그리움에 대한 갈망은 인간적인 것 그 한계 너머로 밀고 나가고자 하는 근본적인 욕망을 드러내는 것으로서 순수의 욕망과 관련된다. 또한 시의 언어가 일상적 의미의 지시 기능을 거부하고 가슴속에 울리고 있는 것은 무의식의 밑바닥에 잠자고 있는 상상력과 직결되어 시인만의 독특한 특징을 갖는다.